Los colores del arco iris

Textos: *Jennifer Moore-Mallinos*

Ilustraciones: *Marta Fàbrega*

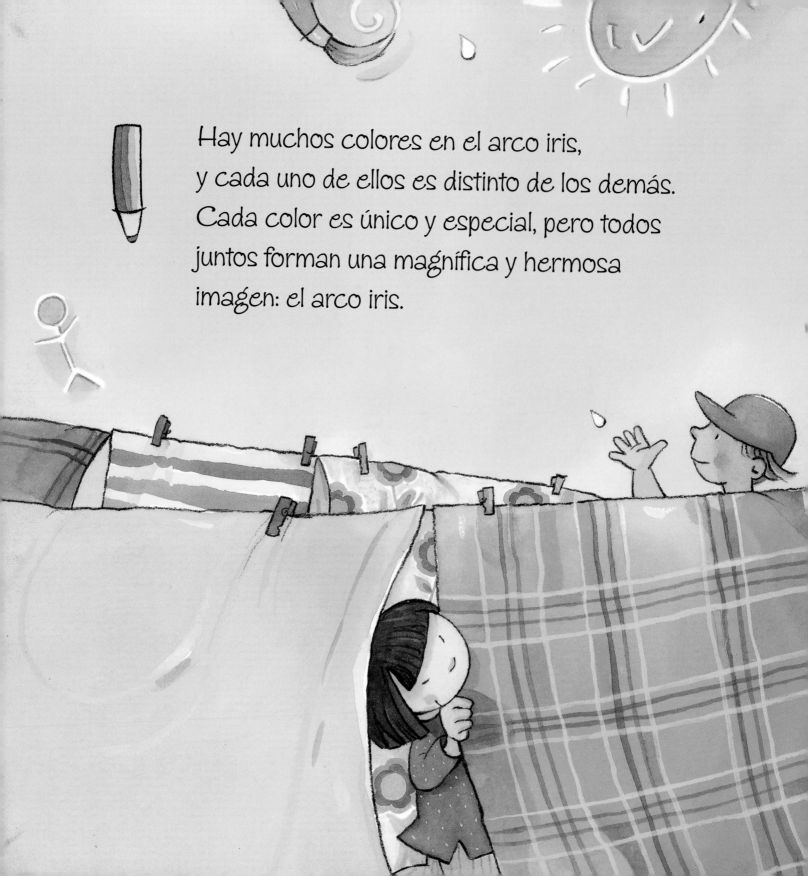

Hay muchos colores en el arco iris,
y cada uno de ellos es distinto de los demás.
Cada color es único y especial, pero todos
juntos forman una magnífica y hermosa
imagen: el arco iris.

Lo mismo sucede con las personas. Cada una es única, pero cuando las personas de todo el mundo se juntan, forman un bonito arco iris.

Aunque las personas parezcamos diferentes por fuera, por dentro somos todos iguales. Nuestra piel tiene muchos colores y tonalidades.

Unos tenemos la piel oscura y otros tenemos
la piel clara. Algunas pieles solamente
se broncean y otras se queman con el sol.
Nuestra piel puede ser diferente de la de
los otros, pero todos tenemos una piel
de un color hermoso.

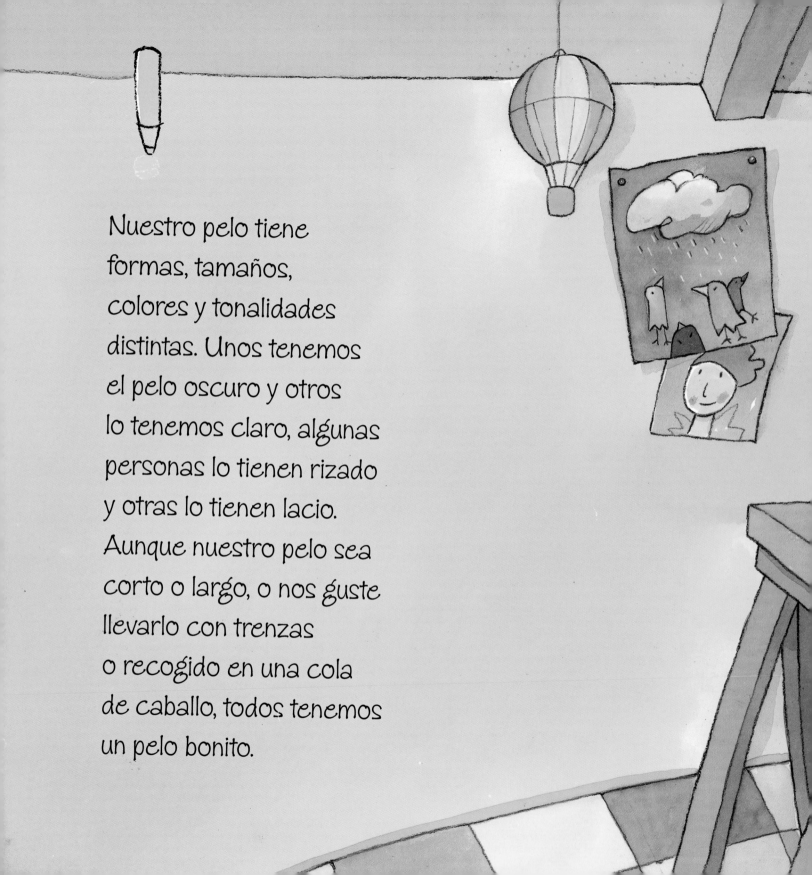

Nuestro pelo tiene
formas, tamaños,
colores y tonalidades
distintas. Unos tenemos
el pelo oscuro y otros
lo tenemos claro, algunas
personas lo tienen rizado
y otras lo tienen lacio.
Aunque nuestro pelo sea
corto o largo, o nos guste
llevarlo con trenzas
o recogido en una cola
de caballo, todos tenemos
un pelo bonito.

8-9

Los ojos pueden ser muy diferentes, pero todos tenemos dos y nos sirven para ver. Hay personas que tienen los ojos redondos y otras los tienen rasgados, mientras que otras tienen ojos grandes u ojos pequeños.
Hay ojos de color marrón oscuro, de color castaño claro, azules o incluso verdes.

Vestimos ropa distinta. Algunas personas usan pantalones vaqueros, otras llevan saris y hay quien lleva una burka, pero todos llevamos ropa. No sólo sirve para abrigarnos, sino que también dice quiénes somos, cómo nos sentimos o incluso de dónde somos.

Cada uno de nosotros es único por el idioma que habla.
Muchas personas hablan español, pero también otras
muchas hablan chino, inglés o árabe.

Podemos hablar idiomas diferentes para
comunicarnos y aunque no nos entendamos,
todos comprendemos lo que significa una sonrisa,
así que ¡sonriamos!

También comemos alimentos diferentes.
Hay personas a quienes les gusta comer pizza,
pero otras prefieren el arroz frito.
Algunos comen pescado, mientras que a otros
les gusta más la carne. Hay muchas clases
distintas de alimentos, pero aunque
la comida sea diferente a la que estamos
acostumbrados, probar cosas nuevas
es siempre divertido.

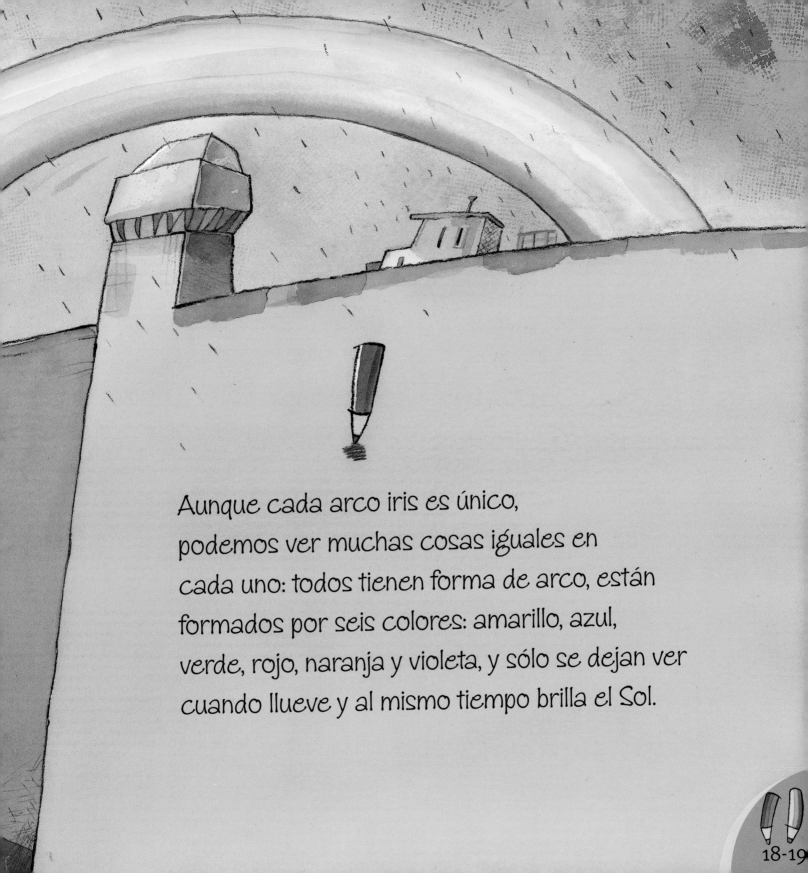

Aunque cada arco iris es único,
podemos ver muchas cosas iguales en
cada uno: todos tienen forma de arco, están
formados por seis colores: amarillo, azul,
verde, rojo, naranja y violeta, y sólo se dejan ver
cuando llueve y al mismo tiempo brilla el Sol.

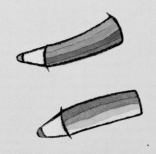

Todos somos especiales pero,
como en un arco iris, tenemos
muchas cosas en común:
sentimos felicidad y tristeza,
amor y dolor. Cuando estamos
contentos, nos reímos y cuando
estamos tristes, lloramos.
Si nos caemos, sentimos
dolor, si tenemos una pesadilla,
sentimos miedo y cuando nos
abraza alguien a quien queremos,
sentimos amor.

Todos tenemos una familia
que nos quiere y se ocupa
de nosotros y un lugar que
consideramos nuestro hogar.
Las familias y casas pueden
parecer muy diferentes por
fuera, pero por dentro nos
dan amor, calor y hacen
que nos sintamos seguros.
¡No hay mejor lugar
que el hogar!

A todos nos gusta estar con nuestros amigos y jugar a saltar, a las canicas, a la rayuela o al escondite. No importa quiénes somos ni dónde vivimos, todos queremos divertirnos y estar con amigos mientras crecemos.

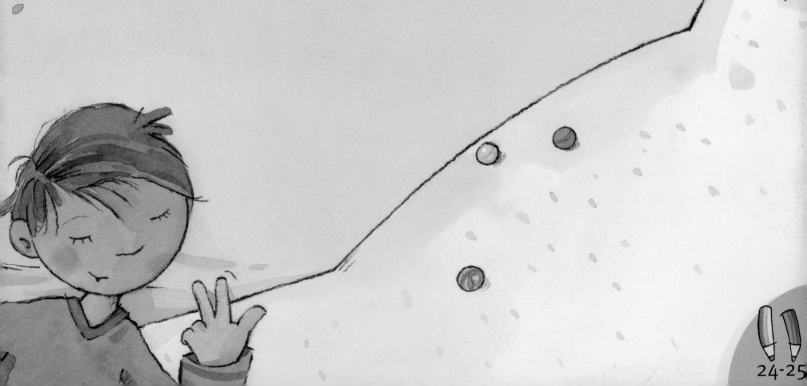

Nos gusta celebrar fechas
especiales que sirven para
reunir a familias y amigos. Una
fecha especial puede ser un
cumpleaños o Navidad,
Ramadán
o Hanukkah. Toda
celebración nos une y hace
más hermosas nuestras vidas.
¡Hay que celebrar!

Como en un arco iris, todos somos únicos e iguales al mismo tiempo. Todos tenemos piel, cabello y ojos. Llevamos ropa, usamos el idioma para comunicarnos y todos comemos alimentos. Tenemos sentimientos, pensamientos, esperanzas y sueños. Cuando nos hacemos daño, lloramos y si estamos contentos, nos reímos. Cuando somos jóvenes, soñamos en el futuro y cuando somos viejos, con el pasado.

¡Comprendamos lo que nos hace distintos!
¡Celebremos lo que nos hace iguales!
¡Juntémonos y hagamos un arco iris!

guía
para los padres

Vivimos en un mundo de gran diversidad, en el cual se juntan personas de todas partes para construir comunidades y formar familias. Como adultos, sabemos que aunque las personas parezcamos diferentes por fuera, en realidad somos más iguales que diferentes.

Hay muchos colores en el arco iris y cada color es diferente de los demás. Cada color por sí solo es único y especial, pero cuando se junta con los demás, entre todos forman una visión realmente maravillosa.

El propósito de este libro es reconocer nuestras diferencias como personas y al mismo tiempo darnos cuenta que hay muchas cosas sobre nosotros que son iguales. Aceptar a una persona por sí misma y apreciar sus diferencias es el primer paso para vivir en armonía.

Los colores del arco iris puede usarse para iniciar un diálogo y estimular la comunicación entre usted y sus hijos. Los niños tendrán la oportunidad de notar las muchas diferencias que hay entre las personas y al mismo tiempo reconocer que somos más iguales de lo que parece.

¡Comprendamos nuestras diferencias, celebremos lo que nos hace iguales y unámonos para construir un arco iris! La diversidad es nuestra fuerza, no nuestra debilidad.

Si dedica un poco de tiempo para leer esta historia a sus hijos, compartirá un hermoso momento con ellos. Los niños son el futuro. Lo que piensan y lo que sienten es importante. ¡Demostrémosles cuánto nos importan!

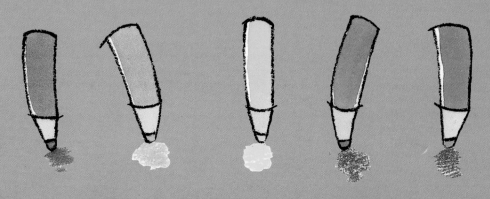

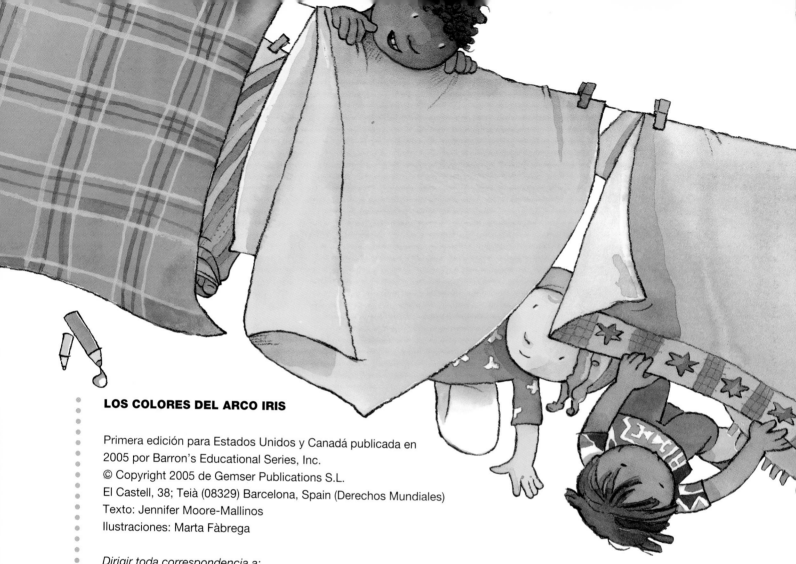

LOS COLORES DEL ARCO IRIS

Primera edición para Estados Unidos y Canadá publicada en
2005 por Barron's Educational Series, Inc.
© Copyright 2005 de Gemser Publications S.L.
El Castell, 38; Teià (08329) Barcelona, Spain (Derechos Mundiales)
Texto: Jennifer Moore-Mallinos
Ilustraciones: Marta Fàbrega

Dirigir toda correspondencia a:
Barron's Educational Series, Inc.
250 Wireless Boulevard
Hauppauge, New York 11788
http://www.barronseduc.com

ISBN-13: 978-0-7641-3278-0
ISBN-10: 0-7641-3278-4
Library of Congress Control Number 2005926577

Impreso en China
9 8 7 6 5 4 3 2 1